그 사람이 거기 있다

그 사람이 거기 있다

김희영

미래시선 120

미래문화사

시詩는 내게 있어

흙먼지 풀풀 날리는 길을 걸을 때나

자꾸만 미끄러지는 비탈길을 오를 때

시원한 샘물이 되고

뒷걸음치지 않고 고개 넘을 수 있는

길섶 버팀목이 되어 준다.

오솔길을 갈 때 새가 되어 지저귀고

얼어붙은 길을 지날 때

따뜻한 남풍이 되어 시린 어깨를 감싼다.

시詩는 내 삶에 푸르름을 더해 주는 선물이다.

2002년 4월
김희영

차례

2 · 파도는 푸른 바다를 만들고

4 · 그리운 것들은 숨어 있다

1. 사랑을 여닫는 문

사랑 하나가 진눈깨비처럼 비틀거린다
그대를 만난 이후로
그리움에 사무쳐

그 사람이 거기 있다

벼랑 끝에
당당히 일어선 풀포기처럼
자갈밭에
깊숙이 뿌리 내린 능수버들처럼
그 사람이 거기 있다

길을 열어 주는 등대처럼
파도를 잠재우는 방파제처럼
그 사람이 거기 있다

숲을 보면
서로 서로 손 내미는 나무처럼
강을 보면
서로 서로 감싸 주는 강물처럼
그 사람이 거기 있다

내 사랑은 그렇게 왔다

내 사랑은 그렇게 왔다
첫눈이 내리듯이
그대를 보는 순간
가슴이 뛰기 시작했다

그대를 바라보는 기쁨만으로
하루해가 잠깐이고
그대 내 안에 두고도
산으로 들로 찾아 헤매었다

바람이 손을 내밀수록
흔들리는 풀잎처럼
내 안 깊숙이 들어올수록
안절부절 휘청거리는 사랑 하나
이래서는 안 되네 되뇌이지만
내 사랑은 그렇게 왔다

사랑 하나가

사랑 하나가 진눈깨비처럼 비틀거린다
그대를 만난 이후로
그리움에 사무쳐

사랑 하나가 온몸으로 운다
그대를 안다는 축복만으로
기쁨에 겨워

사랑 하나가 쓰러진다
더 이상 가까와질 수 없는 슬픔으로
시름에 잠겨

흔들리지 않기 위해
하루에도 몇 번 비틀거리다가 울고
울다가 웃는
뜨겁게 타오르는 사랑 하나가
눈물겹다

저 산이 나에게

예전에는 당신을 그리워했습니다
멀리 있어도 혹은 가까이 있어도
그러나 지금
더 이상 다가온다는 게 두렵기만 합니다
언제부터인지는 몰라도
조금씩 쌓여 가는
못다 피운 채 눌러 끈 꽁초들
당신이 머물다 간 자리에는
생채기가 하나 둘 남겨졌던 게지요
우리의 만남이 잦아질수록
우리의 대화가 깊어질수록
기쁨보다 아픔이 눈앞을 가리우고
내 푸른 치맛자락에는
짙은 얼룩이 쌓여 갔던 게지요
단정한 매무새로
우리가 지켜야 할 것들을
가지런히 실천에 옮겼더라면!
안타까운 마음에 오늘도
까만 몸살로 야위어 갑니다
가까이 있어도 혹은 멀리 있어도
늘 당신을 그리워하던
처음 만나던 시절로 돌아가고 싶습니다

언제 어디서든 솔바람의 싱그러운 미소
햇살에 은빛 머플러를 두른 몸짓으로
당신을 기다릴 수 있는 그 길로

사람이 그리운 낙동강은

마음을 나누고파 낙동강은
마을을 휘감아 안고 흐르는데
물결 넘어 사람들은
강둑만 따라 걷는다

애써 다가서면
또 그만큼 벌어져 있는 틈
아무도 닦아 주지 않는 상처
홀로 애태우다
시커먼 거품을 게워 내며
몸살 앓는 강
이젠 버틸 힘도 없어요
끊어질 듯 들려오는 낮은 목소리
가슴 벽에 또 하나
붉은 경고장이 붙는다

사랑하는 법 모르는 것처럼 사람들은
높은 난간 위에서
강만 굽어보고
사람이 그리운 낙동강은
길섶을 적시며 흐느낀다

먼 이름이여

불현듯 창문을 두드리는 소나기처럼
소리 없이 무시로 찾아와
목을 죄는 당신은 누구십니까
마른침 꿀꺽 꿀꺽 삼켜 봐도
크게 한숨을 뱉어 봐도
가시 바늘처럼 따끔거리는 통증을
어찌하면 좋습니까
눈물을 머금고 몇 토막
추억마저 깨끗이 지우겠다고
입술 꼭꼭 깨무는데
잠시 눈길 돌리려 하면
기다렸다는 듯 비집고 들어앉아
가슴을 짓누르는 당신은 누구십니까
보고 싶다 보고 싶다 불러도
내 안에서 맴도는 먼 이름이여
땅만 보고 하염없이 하염없이 걸어도
여전히 짙은 안개밭
막다른 골목길로 접어들기만 하고
걷잡을 수 없는 가슴앓이를
어찌하면 좋습니까

당신을 사랑하고

당신을 사랑하고
차가운 것도
사랑임을 느낍니다
매일 만지작거리는
쑥빛 샤프 하나도
당신을 처음 만나듯 새롭습니다
당신을 사랑하고
할 수 없는 일보다
할 수 있는 일이
더 많아 기쁩니다
어제보다는 오늘
오늘보다는
내일이 있어 행복합니다
당신을 사랑하고
건강한 미소
깨어 있는 나날이
그지없이 소중합니다
딱딱한 쪽보다 부드러운 쪽
상대방을 이기는 편보다
자신을 이기는 편이
진정 강한 자임을 배웁니다

폭포가 있는 곳으로

폭포가 있는 곳으로
가 보라
휘어지는 것보다
부러지는 것이
더 눈부실 때가 있다.

사랑하는 이여
진정 강한 자만이 피워 올리는
물안개꽃 찬란한

폭포가 있는 곳으로
가 보라
나아가는 것보다
물러서는 것이
더욱 아름다울 때가 있다.

다시 엔터키를 두드리세요
-컴퓨터

옷깃 스치고 어깨 부딪치는 사람들 중에
선녀와 나무꾼의 인연 줄 닿아
그대와 손잡고 뜨겁게 포옹했던 우리
실핏줄처럼 얽힌 복잡한 사회 만남의 장소는
궂은 날씨 호주머니 가벼워도 걱정 없는
좁지만 조용한 세 평짜리 방 한켠
찾아 헤맬 이유 없는 그때 그 자리
가슴 열 듯 반듯하게 누르세요 전원
혈관 속을 흐르는 커서 방향은 어디로?
불러오기? 이탤릭? 진하게? 밑줄?...
싫증나면 페이지 바꾸고 윙크하듯 클릭하세요
복사, 지움, 수정, 삽입 엔터키를 치세요
마음에 꼭 드는 장면 창출될 거예요
고향 황토밭에 붉어지는 고구마의 설레임으로
숨가쁘게 불꽃 튀는 사랑의 언어
이것이 나의 사랑, 우리의 사랑
우리가 벽돌처럼 쌓아가는 순백의 사랑임을
쉽사리 가까와지고 쉽사리 시들해지는 세상
함부로 하는 위태로운 사랑 말고
오늘 돌아가지만 내일 다시 만나고픈
소금으로 간 맞춘 담백한 콩나물국 같은 사랑
손가락 움직이면 움직일수록 깊어지고

세월은 가도 마음에 저장해 두고 싶은 사랑임을
문틈에 귀 기울여 그대 방문 기다리고 있어요
호롱불로 깜빡깜빡 그대 호출 기다리고 있어요
숨죽임 끝에 나누는 사랑은 얼마나 아름다울까
빠르게 키보드판 오가며 다시 엔터키를 두드리세요
잉크냄새 알싸한 프린트기 위
사랑이 꽃핀다

홀로 타는 사랑이여

그대 전화 한 통 아니 걸어도 좋다
따뜻하게 받아 주는 목소리만으로
행복할 뿐

그대 한 장의 답장마저 없어도 좋다
긴긴 편지 읽어 주는 눈길만으로
고마울 뿐

그대 사랑한다 하지 않아도 좋다
그 자리 지켜 주는 마음만으로
가슴 벅차 눈물이 날 뿐

활활 홀로 타는 사랑이여

바리케이드

그대 마음
내 마음 막아놓는 바리케이드
그 찬란한 슬픔
오늘
또 내일

꿈

높아진 가을 하늘만큼이나
너는 멀리 있지만
내 마음 닿는 곳엔
언제나 너가 있음을

한 계절이 쓸쓸히 떠나가지만
지금 너는
물기 촉촉한 내 뜨락 가운데
한 그루 유실수로
다가오고 있음을

밤이 지나고
새벽별이 스러져도
내 살아 있는 동안
너 역시
항상 살아 있을 것임을

백련사 가는 길

백련사 오르는 울퉁불퉁한 산길
자연스레 보폭을 조절하여 우리는
종횡으로 하나 되어
봉우리와 봉우리 팔짱을 끼듯
문학과 인생을 얘기하며
가슴 활짝 열고 다정하다

실바람 고추잠자리 떼로 내려앉는 낙엽
우르르 내 안 그대 안 벽 허물고
밟히는 낙엽의 부피만큼
추억이 국화꽃으로 피어난다

주막집 나무탁자에 둘러앉아
도토리묵 제맛나는 동동주 한 잔
"우리가 남이가" 술잔 부딪치며
푸른 계곡 깊은 우애 다지는

덕유산 백련사 가는 길
꿈결같이 아주 짧아도
차디찬 산골물 손발 담그는 순간
팽팽히 당겨지는 마음의 고삐
야무지게 오래 잡아두리라

목련이 피었습니다

목련이 피었습니다
가슴에 하얀 손수건을 단
초등학교 1학년 신입생
낯선 학교, 낯선 선생님, 낯선 친구들…
입 봉긋 벌린 채 초롱초롱한 눈매로
목련이 피었습니다
목련꽃 송이마다
잊지 못할 유년의 추억이
쏘옥 고개를 내밀고

목련이 활짝 피었습니다
무슨 말 해야 할까
몸 둘 바를 몰라하며
서로 눈치만 보는 사랑
님 만나러 지금 막 나서려는
곱게 단장한 매무새로
목련이 활짝 피었습니다
목련꽃 송이 송이마다
숱한 나날 찾아 헤매던
눈부신 꿈이 기웃거리고

해바라기

 노란 꽃잎 눈 맑은 그 집 높은 시멘트 담 너머 따스
하게 번지는 미소 아무도 돌아보지 않는 구석진 곳에
서도 오직 한 길 기도하는 햇살 가득한 나날 메마른
바람 불어 흔들리는 아픔 속에서도 꽃대궁 곧게 세우
고 제자리 지키는 기품 외로운 발걸음마다 가슴 씨알
알알이 문을 열고 외진 길목 밝혀 주는 그윽한 눈길
내 삶의 어디쯤 한 송이 순결한 해바라기 세워 두고
싶다

즐겨찾기

엷은 햇살이 꼬물거리고
나뭇잎 그림자 기웃거리는 사무실
책을 끼고 명상에 잠긴 컴퓨터 한 대
악수를 나누듯 스위치 누른다
아무나 들어설 수 없는 방
나만이 안길 수 있는 암호를 두드린다
불러오기, 수정, 삽입…
다정한 눈길 대화는 뜨거워지고
열심히 걷다가도
방향을 물어야 할 때가 있듯이
즐겨찾기에게로 화제를 돌린다
앞으로, 뒤로, 멈춤클릭…
초기엔 첫사랑처럼 달콤했다
일상의 목마름 촉촉히 적셔 주고
풀리지 않는 매듭 쉬이 풀어 줄 것 같은 느낌
사랑하는 만큼 외롭다던가
이동막대 찍어 끝까지 끌어내리지만
찾고 싶은 그리움의 번지는 번번이 없었다
파일 새이름으로… 설정
가슴에 담고 싶은 이야기
두고 두고 꺼내 보고 싶은 이름
소나기 퍼붓듯 키보드 위 오가지만

그리운 얼굴은 좀처럼 나타나지 않는다
오늘 하루도 즐겨찾기 뜨락에서
추가, 선택, 등록, 삭제
복사하기, 지우기 혹은 붙이기를 반복하며
바삐 깜박거리는 커서
크고 작은 타원형을 그리는 마우스
불러보고 싶은 너
진정 나다운 나를 찾는다
확인을 누를 때까지

오솔길

처음엔
길이 아니었습니다
어두컴컴한 숲 속이었지요
언제부턴가 사람들
숲을 밀치고
다정스레 손잡아 주며
부지런히 오르내리더니
날이 새듯
좁다란 길 하나 보였습니다
누구든지
한번쯤 걸어보고 싶은
다정한 오솔길이 되었지요
그러나, 발길 뜸해지다
끊어지면
시나브로 자취도 없어지겠지요
대신 잡풀로 무성하겠지요

세상 사람이여
사랑 또한 이와 같아서
이와 같아서

당신은

사방 물난리가 나도
정작 마실 물은 부족하듯
사람의 홍수 속에
당신은
참으로 귀하디 귀합니다

선물을 고르며

사랑하는 사람을 위하여
선물을 준비하는 날은
철 이른 꽃잎도
가장 아름다운 모습으로 피어납니다

사랑할수록
아픔 또한 크지만
사랑을 위하여
그리움만 보이도록 포장을 합니다

진정 사랑하기에 때로
사랑이 오히려 상처가 되지만
그래도 슬프지 않는 건
이 마음 곱게 받아 줄
사랑하는 사람이 있는 까닭입니다

사랑한다는 것은
두고 두고 아낌없이 주는 것
흔들림 없는 강물의 몸짓처럼
우리 사랑도 그렇게 오래도록
가늠할 수 없는 깊이로 흐르고 싶습니다

꽃씨

책상 서랍 모퉁이
깨알같은 꽃씨 몇 낱
꽃씨 몇 낱으로도
서랍 안은 늘 환하고 그득하구나

귓비퀴 맴도는 꿀벌들의 노랫소리
은밀히 속삭이는 부전나비와의 밀애
눈부신 내일 꿈꾸며 접어둔
너의 의지가 굳세구나

온 가슴 터뜨려 피어나
버릴 것 버리고
줄 것 주어 버린
진한 사랑
소중하고 단단하구나

서랍을 열 때마다
꽃씨를 만지작거릴 때마다
햇살처럼 밝아오는 마음
따뜻해지는 가슴
축복에 찬 만남이 기다리고

겨울산을 오르는 건

가까이 있어도
멀리 있기만 한 사람들
발갛게 볼이 얼고 가슴 시려와도
겨울산을 오르는 건
산골짜기 포근히 번져 가는
억새풀 다정한 노래 때문이랄까

우우 구름처럼 한데 모여
어깨 나란히 꿈꾸며
끌어 주고 밀어 주는 미쁜 동반자
아무리 뒹굴어도 마음 다치지 않는
억새풀 마당
다시금 겨울산을 오르는 건
어머니 살내음으로 스며드는
억새풀 향기 때문이랄까

서로 서로 뿌리 부둥켜안은 억새풀
일제히 눕고 일어서는 갈색 물결
함께 산다는 건 저리도 눈부시다

2. 파도는 푸른 바다를 만들고

발길 따라 내려오는 꽃을 보며
나에게 거는 주문
산꽃처럼 살고 싶다

시락국을 끓일 때마다

시락국을 끓이면
빵처럼 꿈이 부풀던 황토빛 시절로
시간의 바퀴가 되돌아간다
언제 어디서든 꼭 필요한 사람
멸치 국물에
된장 두어 스푼 풀고
사람은 자갈처럼 잘면 안 되지
듬성듬성 시래기 칼질을 한다
고춧가루 약간, 찧은 마늘 약간
가슴앓이 하듯 약한 불로 푹 고으다
감초 같은 면모도 있어야지
고소한 들깨를 갈아넣는다
돈 있어도 깊은 마음 없으면
끓일 수 없는 국
아침저녁 보아도 질리지 않는
그 사람 닮은 시락국
담백하면서 톡톡한 맛이
시원하게 하루를 연다
쓴 깡소주에 절은 사람
기웃거리지 말고 어서 오라
입맛 없을수록 찾게 되는
고향 냄새 풀풀 나는 시락국을 끓이면

마음 아플 때 보고 싶은 사람
추억으로 묻어 둔 그 사람
어느새 대문을 밀치고 들어선다

초계 들판에 서서

이 논바닥 저 논바닥
윗 논두렁 아랫 논두렁
손길 닿지 않는 곳 없구나
푸른빛 감도는 논에 모를 내고
여름 내내 엎드려 잡풀 뽑으며
고랑고랑 내일을 일구는 사람들
쌀 한 톨, 한 평 논배미 모든 희망을 걸고
이삭 하나 놓치지 않으려고
지문이 없는 손끝으로
쓰러진 벼포기 안아 세우는
가을 들판에 서 보라
검게 타 윤기 흐르는 굵은 주름살
아픔도 기쁨으로 여기고 사는 사람들
그들의 기다림이자 욕심은
적당한 비 알맞은 햇볕이 전부
흥건한 땀 먹고 자란 이삭은
한결같이 잘 익은 사랑을 간직하고 있다
가는 곳마다 농기구 벗삼아
어린 자식처럼 애지중지 보살피는 정성
굽어진 허리 펴게 하는
스란치마처럼 펄럭이는 황금들판 둘러보아라
버릴 것이 어디 있더냐

이삭은 이삭대로 짚은 짚대로
껍질도 알맹이가 되는 들판
거친 숨소리, 기울어진 허수아비, 쇠똥 묻은 짚신 한
켤레
소중하지 않는 것이 어디 있더냐
곳간으로 알알이 행복을 거두어들이기까지
온몸 사그라지는 줄 모르고
하루를 평생같이 지켜온 땀냄새 그윽한 땅
초계 들판에 귀 대면 그들의 숨결이
솔솔 부는 솔바람 소리로 들린다
자식들 올망졸망 싸서 주는 재미
남은 곡식 나누어 먹는 따스한 사람들
한겨울에도 마을의 불빛은 환하다

찬란한 말똥구리

흰 빨래처럼 햇살이 널리고
싱싱하게 푸른 하늘 아래
말똥구리의 삶이 발길에 채여도
관심 없이 걸었다

옷자락 풍상에 흔들리고
우산 속으로 안절부절 비바람 맞으며
낮게 엎드려 땅을 들여다보았을 때
비로소 말똥구리의 작은 세계
발목을 휘감았다

번번이 굴러 떨어지는
어두운 절망의 덩어리
모든 것은 무너진 곳에서 시작된다
물구나무선 자세로 그 절망 깊게 안아
정상을 향해 끊임없이 디밀어 올리는
검은 빛 윤기 흐르는 시간

세상 일 뜻대로 안 된다고
스스로 출구를 막듯
며칠을 이불 뒤집어쓰고 엎치락뒤치락
눈물짓는 서리빛 한숨소리

놀란 조개의 살처럼 기어들 때
말똥구리의 찬란한 삶
어둠을 제치고 나를 비춘다
내 안에 들어와 환히 앉는다

아침은 멀었지만 길들은 수런거리고
하나의 길이 나를 끌어당긴다

아직 밀어내지 않은 절망이

나에겐 아직 밀어내지 않은 절망이 있습니다
긴 긴 낙동강변 거닐면서
때로는 영도다리, 장산터널 지나면서
다듬잇돌로 가슴 짓누르는 절망
힘을 다하여 뽑아 던지지 못함은
언젠가 설망도 성살한 희망의 씨앗이 되고
절망의 갈피마다
눈부시게 싹트리라는 기다림 때문입니다
고통은 지루하고 기쁨은 늘 순간이지만
기쁨으로 다가가지 못하는 고통은 얼마나 슬플까
내 안에서 까맣게 새끼를 치는 절망
몸 밖으로 멀찍이 쓸어내지 못함은
절망에 갇혀 있을 때
절망을 넘어서는 길
절망이 가야 할 길이 보이기 때문입니다
밀쳐내지 못함이 아니라 스스로
밀어내지 않으며 그 속에서 헤어나기 위해
나는 오늘도 온전히 절망에 잠겨 있습니다

연산홍에 대한 기억

  한 점 바람막이 없고 양지바른 쪽도 아닌 자리 시내
버스를 기다리는 길섶 얼어붙은 바위틈 기대고 선 볼
이 발간 연산홍 한 포기 눈 닦으며 몇 번이나 버스번
호 확인하기 바쁜 출근길 한마디 말 건네지 않아도 그
눈길만으로 마음 가까이 가져가게 하는 꽃잎 연산동행
버스를 기다리는 짧은 순간에도 허리를 구부리게 하는
키 낮은 이름 긴 코트를 걸치고 폭신한 머플러를 두르
고도 주머니 깊은 곳으로 손을 밀어 넣으며 어깨를 움
츠리는 찬바람 겨울 아침 가지런한 눈길만으로 시큰하
게 젖어드는 코끝 입술 깨물며 고개 끄덕이게 하는 꽃
송이, 해가 바뀌고 한 계절이 지나도 여기 가슴의 뜨
락 발갛게 피어 있다

산꽃처럼 살고 싶다

가진 것 없는 사람에게
겨울은 길고 두렵다
수많은 잔털로 에워싼
산허리 목련 꽃망울
겨울나기는 스스로 하는 거야
말없이 고개 숙어진다

깊은 골짜기 외진 길섶
철 이른 포도주빛 꽃 한 송이
어머나 키를 낮추는데
귓가에 머무는 다소곳한 말 한마디
세상이 우릴 버린다기보다
우리가 세상을 찾는거야
꼭꼭 입술 깨물어진다

계절은 산으로부터 오는 것
번번이 한 발 앞서가는
금정산이 있기에 꽃대를 세우고
꽃이 있으므로 따뜻한 산
발길 따라 내려오는 꽃을 보며
나에게 거는 주문
산꽃처럼 살고 싶다

세월

세월은
흘러가는 것이 아니라
숨가쁘게 다가오는 것이다
아쉬워할 겨를도 없이
겹겹이 밀려오는
흰 파도 같은

세월의 바다에
길게 낚싯줄을 드리운다
일상의 미끼를 단단히 꿰어
우리가 정작
낚아야 할 것은
생선비늘로 반짝이는
한 가닥 세월인 것을

세월은
흘러오는 것이 아니라
썰물져 가는 것이다
낚시찌에 눈을 꽂고 있는 동안
멀찍이 떠내려 가버린
외딴섬 같은

수영천

수영천! 처음 만나던 투명한 물무늬 아른거려 다시
금 너에게로 발길을 돌린다. 둑을 내려가 연인처럼 곁
에 앉으면 오월의 싱그러운 너의 노래로 마음의 문 열
렸다. 물길 따라 수초의 생각이 무성하게 흐르고 꿈꾸
는 물잠자리. 온몸으로 껴안아 물 속에 잠긴 아카시아
꽃잎에 끊임없이 입질하는 물고기 오랫동안 빌목을 잡
아두었다. 너와 나눈 대화처럼 반짝이는 긴 물살은 일
상의 희비를 깨끗이 씻어 주고 깊은 물빛으로 수놓아
진 뜨락 꿈결 같았다. 언제부턴지 낮은 침묵으로 흐르
며 약물에 취한 듯 까맣게 흔들리는 시간. 무슨 까닭
일까 돌아오다 몇 번을 멈추어서 보는 흐린 세상의 어
귀! 오늘도 너의 아픈 이름 떠올리며 가슴에 한 뼘 골
이 패인다

그 말씀이 눈물나게 하고

볼일을 마치고 홀로 빠져나오는 시청
나 한 사람 등을 보여도
아무것도 달라지지 않습니다
햇빛에 반짝이는 차 한 대 옆에 서더니
나를 부르는 낯익은 목소리
바람에 떨어지는 벚꽃잎으로 울려 퍼집니다
많이 바쁘실 텐데 나를 기억해 주시는 말씀
"내 방에 들러 차 한 잔 하고 가지 그래요"
쑥스럽고도 고마워 눈물납니다
사람을 안다는 것 아니
따뜻한 말 한마디로 기억해 준다는 것
발걸음마다 그렇게 큰 의미로 다가올 줄은
곱게 핀 봄꽃처럼
착하고도 더 열심히 살아가리라
입술을 잘게 잘게 깨물게 하는 그 말씀
"차 한 잔 하고 가지 그래요"
하도 고마워 눈물납니다

독백

차를 몰아 온 지도 십 년이 되었다
차선 지켜 끼어들기 안 하고
양보로 안전운행 무던히 애태웠다
그러나 혼자 조심한다고 모범운전이던가
열 번 잘하다 한 번 잘못하면
그 불상사 평생 늑골 붙잡지 않던가
방어운전, 한 치의 방심 용납 않는
운전대 앞에서 삶에 대해 생각해 본다
발바닥 온 힘 쏠리는 가파른 길
좀처럼 풀리지 않는 정체 눈동자 핏발 서고
골목길 어린아이 뛰쳐나올까
손에 진땀 쥐며 달려온 대가는 무엇인가
결실이 노력을 따라주지 못하는 쓸쓸한 시대
삶의 바퀴가 자꾸 미끄러진다
안간힘 쓰며 브레이크 밟고 클러치 밟는다
삶도 운전처럼 함께 멈추고 함께 나아가는 것일까
침묵이 찬바람으로 부는 내 안
구름 짙게 깔리고 간헐적으로 훌쩍이는 빗소리
지긋지긋한 장마비 아닐 테지
이상한 일이다 내리는 빗속에서
생활이 그대를 속일지라도 슬퍼하거나
노여워하지 말라던 푸쉬킨의 그 말이 그림자처럼

따라다닌다. 나는 나에게 되뇌인다
제발 속도는 낮추되 시동만은 끄지 말게나

해수욕장에 대한 몽상

혹성같이 거대한
낙화산을 띄운 그는 누구인가
지칠 줄 모르는 해변의 낙화산은
착지할 줄 모르고,
지레 새파랗게 질려버린 바다
운명의 질곡이여

안경을 닦으며

아침마다 화장대 앞에서
티슈 한 장 톡 뽑아
호호
습관처럼 안경을 닦습니다.

자욱한 안개에 갇힌 시간
거울 안의 뿌연 얼굴
흐린 창밖, 희미한 길
잡히는 건 온통 뿌연 기억뿐

초점 없는 눈길로
투박한 안경테 부여잡고
이리 둘러보고 저리 세워 보다
시나브로 두꺼워진 렌즈
투덜투덜 안경을 탓합니다.

출근길 앞두고
도수 높은 단단한 안경을 끼며
눈에 보이는 선명한 세상
모조리 난시성 근시안
약한 시력 탓임을

엉겅퀴

언제였던가
발길 드문 그 야산자락에
홀로 뿌리를 내렸네
죽을 뻔한 고비 몇 번을 넘기고서
스스로 일어서는 법 깨우쳤네

세상의 모든 고통과 절망
모두 밀려와
먹구름 깔린 미로뿐
참으로 한 많은 세월이었네
빳빳한 손
뚝살같이 센 가시 보면 알겠니
살아남아야 한다는 처절한 의지 앞에는
바람도 비도 비껴 가고
사나운 들짐승 끝내 꺾지를 못했네

한없이 아름다운 꽃자루 터지던 날
새롭게 살아가는
또 다른 사는 법 하나 깨우쳤네
아픔과 슬픔 꼭 쌓아둘 것이 아니라
저 하늘빛
청보리 같은 희망을 향하여

활짝 풀어놓을 때 웃음 띤
환한 얼굴로 살아갈 수 있다는 것을

가끔 마음 느슨해지면

친구여
가끔 마음 느슨해지면
동해안으로 가 보라

땅거미 스멀 스멀 수평선 넘어 기어와
넝석 쌓고 눕고
강한 의지로 달려오는 밤바다
길게 칼 뽑는 소리
정적 속 밀물로 가슴 때린다

쓱싹 쓱싹 쓰으윽
고독의 피눈물 숫돌 위 몸부림치며
아무도 보이지 않는 곳에서
마지막 새벽별이 스러지기까지
마음의 칼날을 세운다

밤 깊어갈수록
섬광처럼 번뜩이는 칼
별빛에 새파랗게 일어서는 칼

친구여
가끔 마음 느슨해지면

뜨거운 손
동해 강구 밤바다에 가 보라

동창생

동창생이 전화를 주었다
삼월인데 눈이 내린다고
같은 부산에 살면서도
동창회에서나 간혹 보는 얼굴
옷 솔기 사이로 실밥이 보이는
그리움으로 와 닿는 친구
눈발이 되어 가슴에 내린다
연산동에는 햇살이 비치는데
아미동에는 눈이 내린다고
눈송이처럼 환하게 소식을 주었다
봄눈 녹듯 따뜻한 목소리

짚을 보면

짚을 보면
그 사람이 생각난다
멀리서는 촛대 같은 사람이지만
자주 만날수록
북데기처럼 따뜻한

까칠까칠 마르면서도
푸른 꿈 꾸는 짚
맞아도 아프지 않다
토닥토닥 사랑싸움 하듯
자꾸 맞고 싶어진다

가마니를 짜고, 메주를 쑤고
헐렁한 겨울나무 허리를 동여매는
물가 생명을 살리는 지푸라기 되고
다시 톡톡한 밑거름 되기까지
죽어서도
온몸으로 가락을 빚는

그 사람 만나면
짚이 생각난다
대문 옆 하늘 반듯하게 이고

터줏대감처럼 버티고 앉은 짚
아이의 장난을 받아주고
쫓겨난 아이 은밀하게 비집고 들어가
새우잠 청하기도 하는
풀먹인 듯 **빳빳한** 자존심
짚을 보면

파도는 푸른 바다를 만들고

파도가 쓰러지지 않는 건
겸손하기 때문이다
자리 높아질수록 아래를 헤아리며
스스로 다스리는 힘
스르르 넘어지는 듯 일어서고
다시금 고개 숙여
몸을 낮춘다

파도가 은빛 띠를 이루는 건
서로 돕기 때문이다
곱드러져 피멍 들고 살집 무지러져도
서로의 뿌리를 굳게 껴안고
엎드려 훈훈하게 불어넣는 입김
골이 있어 당당히 설 수 있음을
눈부시게 피워 올리는 물보라 꽃들은 안다

파도가 하얀 꽃잎으로 바다를 수놓는 건
다정하기 때문이다
소곤거리며 팔짱을 끼고 걷는 모래톱
시샘 많은 바람에게도 손 내밀며
더욱 정겹게
서로 어깨를 다독거린다

파도의 목소리 활기찬 건
꿈이 있기 때문이다
잠을 잊고 철썩 철썩 달려가는 먼 길
오르막길 내리막길 평탄한 길
온몸으로 달려가며 꿈을 부른다
파도는 푸른 바다를 만들고

봄의 길목에서

몇십 년 만에 내린 폭설로
전쟁을 방불케 한 겨울이
뚜벅 뚜벅 기억의 저편으로 걸어가고 있다
봄이 겨울의 이불을 걷어차고
눈시울 비비며 기지개를 켜는 소리
사방 시끄럽다
따뜻한 길목으로 들어섰지만
마음의 한기 좀처럼 수그러들지 않는다
기업 부도율, 실업률, 소비자 물가 상승률이
걸음을 잠시 멈추는가 싶더니
다시금 계단을 오른다
겨울 날씨처럼 다소곳해질 때도 되었는데
제풀에 꺾일 때도 되었는데
아직도 꼬리를 치고 있다
발자국마다 봄기운이 수런거리는 세상
마음의 문을 걸어 잠그는
불황의 늪에서 걸어나왔으면
열악한 공기는 살라먹고
움처럼 빤히
희망의 심지를 돋울 수 있었으면
한바탕 난장판을 벌인 겨울이
얼굴을 가린 채

계절의 모퉁이를 돌고 있다
지난겨울이 우리 추운 마음을
붙잡고 있었던 것은 아닐까
장대로 빗장을 질러
푸른 봄을 오래도록 잡아두자

제자리를 지키는 것은

꺾이고 싶지 않아
삭정이로 남고 싶지 않아
먼 봄을 향해
사철 푸르름 간직한 채
제자리를 지키는 동백나무
겨울의 한가운데 서 있어도 따뜻하다

삭풍이 **뺨**을 할퀴고
모진 눈보라에 손가락이 잘리어도
말없이 견디다 때가 되면
환하게 벙그는 개나리꽃
제자리를 지키고 선 모습
등불보다 눈부시다

이른 봄 둥지를 고르며
허공을 차고 오르는 새의 날갯짓
내일을 위해 잠시 떠났다가
다시 돌아온 자리
연두빛 새싹같이 새롭다

부딪치고 깨어지는 아픔
끌어안고 흘러 흘러

강물이 되고 강이 되어
한결같이 지키는 그 자리
수심 깊이 반짝인다

아침마다 마라톤을

이른 아침부터 마라톤을 한다
머리띠로 덜 깬 잠 걷어올리고
부엌과 방 들락거리면서
엘리베이터에서 만난 18층 아저씨와의
인사말보다 앞서 가볍게 뛴다
경비실 지나 자전거 보관대 지나고
벤치 옆 잡곡을 파는
그 아주머니가 뿌려 준 꿈을 쪼는
몇 마리 비둘기 함께 뛴다
장산 자락을 타고 달려온 칼바람
따끔 따끔 뺨을 때리고
콧등 찔러 눈물 핑 돌아도
쌩쌩 시간을 당기며 뛴다
세상이 한눈에 들어오는 아치형 육교 위에서
통근버스 오는 방향으로
눈도장을 찍기까지
가로수도 울타리도 물결처럼 뛰고
어디쯤일까 까치소리 깍깍 뛴다
나는 아침마다 마라톤 선수가 된다
이십 년을 한결같이 뛰어도
지치지도 않는 마라톤
아침 햇살 놀라 깨도록 뛴다

68

3. 이팝나무꽃

비스듬한 빨랫줄에 걸린 별무리
엉덩이 들썩이는 가을바람
우수수 별똥별 쏟아지고
대청마루 밑 갓 태어난 강아지
새록새록 살이 오릅니다

다락방을 추억하며

다락방 있는 집 전세 얻으려고
헤맬 때가 있었지
버릴 것이 없었던 시절
버리기엔 아깝기도 한
잡동사니 쌓아 두고, 때로는
잊어서는 안 될 물건 숨겨 두는 다락방
힘껏 키를 뻗어 설 수는 없어도
발 뻗고 누울 수만 있다면 만족했던 다락방
다락방 있는 집 보기 드문 요즘
버릴 것이 너무 많고
두고 볼 것 없는
쌓인 생활의 회한 때문일까
간직하고픈 소중한 일이 없어서일까
손바닥만한 공간으로
막힌 숨통 넓게 틔워 주던 다락방
손톱 다듬는 여유로 살아가면서
놓치지 말아야 할 것들이 숨쉬는
내 마음의 다락방 하나 가졌으면
작지만 다락방 하나 가지고
그 안에 무엇을 담을 것인가
고뇌하며 감사하게 살 수 있다면
고운 말씨를 담고

누구에게나 나눠 줄 사랑을 담고
맑게 갠 날씨처럼 환한 웃음 담을 수 있는
그 옛날 추억의 다락방 하나 가졌으면

아버지의 영토

뭍의 행복을 아시는 아버지는
빈틈만 나면 잡풀 베고 괭이질하고
어느새 쓸 만한 밭떼기 만듭니다
밤이면 반들반들 연장을 닦고
숫돌 위 부지런히 낫을 갑니다.
파랗게 선 날이 새벽을 새촘하고
아버지는 일궈 가는 영토의 넓이만큼
등이 굽고 잠에 부대낍니다
말끔히 언덕을 깎고 메마른 땅 희망을 쪼아
절망이 될 자갈 짚소쿠리 가득 주워 내고
전입신고 하듯 씨앗 묻고 모종합니다.
산밭에 호미와 함께 구부리고
앉은걸음으로 지나가면 이랑마다 푸르름 더해 가고
스멀 스멀 땅거미 깔릴 무렵에야
실개천 손 씻고 돌아오면
툇마루 한켠 구슬땀에 절인 후줄근한 베잠방이
활짝 핀 황토빛 꽃 무성하게 놓입니다
밀짚모자 따가운 햇살 삐딱하게 눌러 쓰고
어깨가 처지도록 똥장군을 지고
언덕바지 넘내리신 덕분에
계절이 되면 살집 좋은 자드락밭
고구마넝쿨 우애 깊은 형제처럼 어우러지고

누런 콩알 두렁마다 영글어 갑니다
오늘은 진종일 참깨밭에서 적막을 찌고
삭은 검정고무신 어둡살이 신고 돌아와
깨꽃냄새 질펀한 툇마루 걸터앉습니다
평생을 넘치는 햇살로 지게를 지고
논밭에 태산처럼 부려 놓으신 아버지
땀에 젖은 아버지의 영토에는
올해도 무르익은 오곡이 한창 춤을 춥니다

우리집 창가에는

잠자리에서 일어나면 가 보고
퇴근 후 먼저 가는 곳이기도 한
우리집 창가에는 예쁜
꽃 한 송이 자란다
외롭고 힘들 때 등을 기대고 앉아
바라보면 따뜻해지는 마음
하늘 한 귀퉁이 살몃 드는 잎들과
나누는 푸른 대화
이야기꽃 바람으로 일렁인다
입술 샛노란 촉, 표정 좋은 꽃봉오리
게을러 가는 나에게
가만가만 채찍을 가한다
어느새 아이들도 곁에 와 앉는다
다닥다닥 머리를 맞대고
보물을 찾듯 바짝 바라보는
우리집 창가에는
잎잎마다 콧노래 흐르고
꽃잎마다 웃음꽃 무성하게 핀다

겉도는 교복

입학하는 날 아들녀석이
허리를 치켜올려도
바지가 흘러내린다고 투덜댄다
허리가 겉돌고 온몸이 겉돌고
맞춤인데 수선을 해야 하다니
풀리지 않을 만큼 소매를 걷어
부치고 마름질했더라면
부푼 등교길이 되었을 것이다
그대 어림잡은 거리가 때로는
불만과 불편을 남길 때가 있다
꼭 맞지 않으면 겉도는 옷처럼
맞지 않는 생각도 겉돈다
겉도는 걸음 겉도는 계획 아래
너와 나 간격은 벌어지고
겉도는 옷은 실밥을 뜯어야 한다
현악기처럼 팽팽히 당긴 시선으로
엉성한 일상의 여백을 잘라 주었더라면
헐렁한 나태 꼼꼼하게 바느질했더라면
꿈의 교복이 되었을 것이다

이 뽑기

열 살짜리 아들녀석이 몇천 원 아끼겠다고
집에서 이를 뽑으려 한다
근육이 질긴 엄마의 손 앞에 입을 벌리고
은사시나무 떨 듯 지레 엄살을 떤다
흔들리는 송곳니 빼지 않아
안쪽에 숨어 덧니가 자리잡았고
그 잇빨 사이 맞지 않는 탓에
대문니까지 벌어지는 피해를 몰랐구나
추억이 담긴 반짇고리 열어
가는 실도 몇 겹으로 뭉치면
힘을 쓸 수 있을 테지. 밧줄처럼 튼튼해진 실
잇몸에 끼워 피가 나도록 묶는다
준비가 아직 끝나지 않은 척하며
뜸들이지 않고 왼손으로
이마를 오른손으로 실을 내리치는 순간
달랑 업혀 나온 생각이 다한 이빨 하나
너무 싱거워 우리 까르르 웃는다
워낙 순식간에 일어난 일
아들녀석도 아무 일 없는 표정으로 따라 웃는다
세상에 까맣게 썩어 흔들리는 이
핏물 찔끔거리는 반항으로
새로 돋는 꿈 훼방놓는 이 없을까

곪은 피고름 빨리 짜내야
더 큰 상처 예방할 수 있을 테지
거울 속으로 멈춰 선 시간이 보인다

아들 녀석은 다음에도 꼭 집에서
이를 뽑겠단다
기다림은 언제나 따뜻하리

수박

보기에는 둥글둥글
먹음직스러운데
속은 통 알 수가 없네
톡 톡 톡
손가락으로 두드려 보아도
긴가민가 자신이 없네
사랑하는 마음 깊으면
한 번 들어보기만 해도
저만치 바라보기만 해도
훤히 속 알 수 있다는데
만져 보고 두드려 보고
이리 저리 훑어보아도
너의 마음 알 수가 없네
너의 마음 읽을 수가 없네

사랑을 여닫는 문

현관문 앞에 서면
버릇처럼 키를 꽂아 문을 딴다
아이들이 돌아올 시간이니까
빨리 보고 싶음에
그냥 살짝 당겨 놓는다
식구들 위해 잠길 줄 모르는 문

딩동딩동 벨소리보다 아이들이
먼저 들어선다. 들어서면서
특수키까지 잠근다
집이 좋아, 따뜻한 부모님 품속이 좋아
식구들 싸안으며 열릴 줄 모르는 문

열고 닫고, 닫고 여는 가운데
사랑을 여닫는 문

난꽃이 피누나

난꽃이 피누나
텔레비전 소리
창 너머 아이들 노는 소리
시끌벅적한데 햇살 한 줌 없는
거실 한 귀퉁이 잠잠히
하얀 그리움처럼
잘 퍼진 밥풀꽃처럼

언제 젓가락만한
꽃대 올렸는지
꽃봉오리 맺었는지
곁에 기다려
반기는 이 없어도
팝콘 향기를 뿜으며

난꽃이 피누나
벌나비 날아들지 않고
비마저 내리지 않는 오지의 땅
모르는 사이 태 없이
홀로 간직한 추억처럼

큰언니

옷소매 반질거리는 코흘리개 시절
늘 어머니는 꿈이 묻힌 논밭으로 나가셨고
그 탓에 줄줄이 동생들에게 어머니 역을 대신했던
우리에겐 들이었고 산이었던 큰언니
무심한 세월은 어수선하게 변해도 어깨그늘 넓은
큰언니와의 추억은 빛 바래지 않습니다
모두 결혼해서 아이 둘 엄마가 된 지금
큰언니의 어머니 역할은 변함이 없고
별일 없제? 엄마 건강은 좀 어떤노?
여긴 폭설이 내려 참외 비닐하우스
폭싹 내려앉는 바람에 온동네 사람들
이제사 한숨 돌렸데이. 걱정 끼칠까
문제는 해결부터 큰 일도 작은 일처럼
아픔도 아프지 않는 것처럼
나즉 나즉 여유가 배어 있는 큰언니 목소리
보온밥통 따뜻한 가슴을 지닌 큰언니 보며
인생을 다시 배워야 한다고
세상 사는 법 다시 깨우쳐야 한다고
날이 선 마음으로 자신에게 질책을 가하지만
철없는 어린 동생의 티 벗을 만하면 도지고
여전히 허물 벗지 못하고 있습니다
언니, 별일 없어예? 이번 물난리에

수박 비닐하우스는 괜찮아예?
먼저 전화기 잡게 될 그날은 언제일까
강산이 세 번 더 바뀌면 큰언니 닮을 수 있을까
우리에게 푸른 소나무, 활짝 핀 깨꽃으로 다가오는
큰언니
늘 외상값 꽤나 지고 사는 기분이 드는 큰언니
안절부절하는 그리움
큰언니에게로 날아갑니다

어머니의 꿈

어머니는 곧잘 집에서
신명처럼 콩나물을 기르신다

상한 콩은 성한 콩 발목을 잡는다지
어렵사리 콩농사 지어
창문 가까이 신문지에 부어 돋보기
끼시고 이리저리 세상 뒤지며
그늘이 될 콩을 가려내신다

함부로 대하면 뿌리내리지 못한다지
하루 이틀 생각이 트이도록 불려
콩나물 동이 다소곳이 앉히시어
하룻밤에도 두세 번 깊은 잠 깨우며
조심조심 물을 주시고

자주 주지 않으면 반항 같은 잔발이 돋고
기름기 있는 손이면 썩는다지
졸졸졸 흘러내리는 따뜻한 정성으로
차곡 차곡 채워지는 어머니의 꿈

콩나물은 햇볕 보면 질겨지는 법
검은 천 빈틈없이 허물을 덮자

손길마다 노랗게 맛 오른
빼곡이 자란 건강을 봉지 가득 싸서
꼬불꼬불 아들딸 집에 나눠 주신다

담장 허물기

담장이 없는
우리 시청 앞 광장에는
꽃들이 미소를 머금고
햇살 따스합니다.
꽃밭을 끼고 걸으면
자신도 모르게
꽃잎 되어 웃고
나뭇잎 되어 청청합니다.
오늘도 부산의 한 귀퉁이
가볍게 무너지는 담장 밑으로
꿈이 뿌리를 내려갑니다
동사무소와 병원과 학교에서도
줄줄이 담장을 허물어
공원과 휴식공간을 만든다니
세상의 한쪽이 벌써 밝아오고
화장을 한 듯 아름답습니다.
거리마다 집집마다
담장이 사라진 자리
꽃, 나무 심어 가꾼다면
차들이 서행을 하고
바람도 벤치에 걸터앉아
쉬어 갈 것입니다.

허물어진 담장의 높이만큼
아침이 빨리 오고
저녁이 더디 올 것입니다

줄서기

휴식시간 싸아한 원두커피잔 속
뒤적이는 신문지면
어지러운 정치판 줄 서는 이야기
이쪽 설까
저쪽 갈까
줄 서려는 사람 북적대고
진정 서 있는 사람 잘 보이지 않는다
어느 줄 서야 손해보지 않을까
굵기와 길이 가늠하며
우르르 몰려다니는 사람
하루에도 몇 번 아무도 모르게
섰다 앉았다 앉았다 섰다
잣대 겁게 재는 만큼
우리 가슴 줄 같은 금이 가고
서 있는 사람 슬쩍 앉는 만큼
우리 마음 깊은 멍든다
당당히 서지 못하면서
제대로 앉지 못하면서
정치를 운운하는 사람이여
눈치로 꼬는 새끼줄
어디서부터 잘못되었을까
퇴근길 소주 한 잔 걸치는 시간

안주로 따라나오는 줄 서는 이야기
줄을 붙들고
술에 취해
우리 온 저녁이 비틀거린다

여든의 어머니

이른 아침
짤깍 짤깍 잠 깨우는
가스레인지 불 켜는 소리

오늘도 늦었네
주섬 주섬 옷을 입고 방문 열면
나직하게 젖은 목소리 더 자지 않고
남은 식구들 깰세라 친정 어머니는
어느새 쌀을 씻어
살그머니 밥을 앉히신다

잠자리 개기도 벅찬
등 굽고 뼈 앙상한 여든의 몸이지만
언제나 소박한 웃음
얼굴을 닦고 머리 빗질한
단아한 모습으로

녹즙을 가는 날에는
나보다 먼저 강서방을 챙기시고
식탁에 앉으면
밥이 보약이다. 한 숟가락 더 뜨거라
이것저것 정성을 꺼내놓으신다

출근을 앞두고
집안 가득 봄햇살로 쏟아지는
따뜻한 어머니 사랑
그릇마다 소복 소복 쌓인다

이팝나무꽃

가지마다 휘어질 듯 핀 눈꽃
여름은 이팝나무꽃과 함께 온다
태풍의 바람막이로
한여름 무더위 그늘로 식혀 주는
아버지 너털웃음으로 피던 꽃
눈이 아프다
뭉게구름처럼 부푸는 이팝나무꽃
아버지를 닮아서일까
웃음소리 들리는 듯하다
서러울 만치 짧은 목숨
아버지 냄새나는 은은한 향기
한바탕 내뿜고 우수수 꽃잎 지듯
세상 떠난 아버지
지금쯤 둔덕 위 그 이팝나무에 걸터앉아
미소 띄우며 고향집 내려다볼 것 같아
빨갛게 목메인다
꽃향기 온동네 뒤흔드는 계절
아름드리 이팝나무꽃은
무성한 그리움으로 핀다

고향의 밤

고향의 밤은 깊어갈수록
차차 개이는 하늘처럼 눈부십니다
봉곳한 가슴이 눈에 띄는 완두콩밭
장끼 한 마리 어설픈 포옹을 하고
콩이파리 곁눈질하며 고개 숙입니다
이웃집 키큰 토란밭
하늘이 느낌표로 우뚝 섭니다
텃마당 한켠 암소 한 마리
앞발 베고 반쯤 누워
잘게 잘게 향수를 곱씹고
끝 닳은 연장이 즐비한 헛간
길보다 환한 웃음으로 어두움 쓸어냅니다
비스듬한 빨랫줄에 걸린 별무리
엉덩이 들썩이는 가을바람
우수수 별똥별 쏟아지고
대청마루 밑 갓 태어난 강아지
새록새록 살이 오릅니다
어미개 발톱에 자라나는
사랑을 만지작거립니다
축담 아래
커다랗게 입벌린 알루미늄 세숫대야
둥근달 꿀꺽 삼키고

장독을 끼고 선 석류나무
더한층 볼이 붉어집니다
바람 소슬한 가을 뜨락
이가 맞지 않는 토담집 들창가
빈 병에 꽂힌 바람개비
달빛을 감고 별빛을 감습니다

부산 바다

광안리, 해운대, 송정, 다대포, 송도, 오륙도
태종대… 아름다운 이름들과 나란히
팔짱을 끼고 사는 부산
일상에 지치고
세상이 미워질 때
다가설 수 있는 비쁜 받침대로 앉은 바다
그저 바라만 보아도
포말로 부서지고 마는
피로, 분노, 서러움, 절망의 덩어리
잠잠히 녹여 주는 가슴 따뜻한 바다
부산 사람은 쓰러지지 않는다
목놓아 울 때
꺼이꺼이 함께 울어 주는
바다를 보며 사는 사람들
소금끼 간간한 부산 바다를 닮아 간다
사람이 그립고
살맛 나는 삶 동경할 때
애인처럼 기다리고 있는 바다
부산 사람은 비틀거리지 않는다
다투어 밀려갔다 밀려오는 모래톱
쏴아 쏴아 물안개꽃 피어오르는 무지개
더불어 손잡고 일어서자

뛰어보자 힘차게 환호를 주는
달 뜨고 해 뜨는 희망의 바다
비릿한 바닷바람 싱그러운 파도소리 좋아
사철 발길 끊이지 않는
부산 바다와 사는 사람들
시나브로 바다가 되어간다

길

걷다
숨 차오르고 발목이 아려
길섶에 주저앉는다
길 위의 길
길 아래의 길
자꾸 눈가에 머문다
비탈지고 횡횡 바람까지 부는
내가 걷는 꼬불꼬불한 산길
어쩐지 외로워
돌멩이 하나 주워 보고
돌멩이 박힌 자리 물끄러미 바라보다
쿵 쾅
아무도 모르게 놀란다
무거운 돌멩이 샛노랗게
가슴 짓눌리고도 다소곳이
헤쳐 나온 해맑은 풀 한 포기
무시로 내뱉는 나의 긴 한숨이
정녕 부끄럽다. 험하지만 가끔
따뜻하다고 자부하며 걸어온 길
돌아가 다시 걸을 수 없는 길
중턱에서 포기하면 안 되지
언덕바지 앞을 가로막는 돌개바람도

돌멩이 품는 풀잎처럼 품어 보는 거야
말없이 품어 보는 거야
탈탈 흙먼지 털며 일어서는 마음
깃털처럼 가볍다

찔레여

한마디 부름 없이도
발길 멈추게 하는
찔레여
소리치지 않는 아픔이
아름답다는 걸 알겠습니다

낯선 골짜기이지만
낯설지 않은 자태로
눈길 머물게 하는
찔레여
한숨 쉬지 않는 그리움이
눈물겹다는 걸 알겠습니다

돌아서서 다시 보게 하는
찔레여

첫눈을 기다리듯 전화를 기다리며

초등학생인 아들녀석이 2박 3일 수학여행을 떠났
다. 그날 밤 어두움 깨우며 아들로부터 걸려온 전화는
누나가 받게 되고 통화를 못해 자못 서운했다. 토끼
같은 새끼, 목소리를 듣고 싶었는데… 이튿날 아침을
가르며 전화가 왔다. 분명 아들의 전화이리라 앞치마
에 물기를 닦으며 달려갔지만 그이와 동시에 수화기를
잡았다. 얼굴을 마주보며 순간 나란히 웃었다. 할머니
전화였다. 잠시 후 두 번째 전화벨이 울려 그이가 받
았다. 딸아이의 전화였다. 큰일도 아닌데 우리의 눈가
엔 그늘이 짙게 깔렸다. 첫눈을 기다리듯 전화를 기다
려 본 적도 그리 흔하지 않으리라 별처럼 깨끗한 아들
의 목소리. 그래 그동안 곁에서 얼마나 큰 기쁨 되고
깃털처럼 마음 가볍게 해 주었던가 아들이 돌아오면
덥석 안아줘야지

네 명인 듯 다섯 명

우리 식구는
네 명인 듯 다섯 명이다

학교 늦을라 회사 늦을라
어서 먹어
손끝 물기를 닦으시는 어머니
아침 식탁에는
4개의 수저밖에 놓이지 않는다

벨소리 울리면 여든의 나이를
잊고 나보다 먼저 일어서
행복의 문 열어 주시고
저녁이면 공부하는데 방해될라
잠자는데 거슬릴라
방문을 꼭 꼭 닫으신다
나이 들면 뒷방 할멈이 되어야
가정이 편안하다며

토요일 오후나 일요일에는
뭐 먹고 싶니
어머니는 뭐 드시고 싶으세요
너희들 먹고 싶다면 뭐든지 괜찮아

언제나 4명의 기호에 따라
사랑의 메뉴는 정해지고

우리집 식구는
네 명인 듯 다섯 명이다

4. 그리운 것들은 숨어 있다

다래나무, 자작나무, 물푸레나무
더불어 살아가는 한결같은 꿈
지난 계절 수은주 영하를 오르내리듯
얼마나 바삐 혈관을 타고 오르내렸을까
고로쇠 물을 추억하는 봄날 오후

대나무끼리

언제나 서 있는 자리
굴뚝 그을음 풀풀거리는 뒷들이나
맨 먼저 산그늘 내리덮는 마을 뒷산
그러나 뿔뿔이 흩어지는 법 없다
살 에이는 한겨울 혹한에도
무리지어 푸르름 출렁인디

우우 바람 밀어닥치면 함께
일제히 쓸어안고
쓰러지는가 하면 소리 없이 일어서고
휘청 허리 꺾이는가 하면 어느새 물러서 있는
너의 생선비늘 같은 푸른 의지가 아름답다

마디 마디 비어 있을지라도
정작 한 뼘 빈틈마저 보이지 않는
한 그루도 자지러짐 없는 대나무밭
대나무는 대나무를 헐뜯지 않으며 서로를
촘촘히 에워싸고 꼼꼼히 뻗어간다

저 꼭대기 한 계단 두 계단 쌓아올리는
흔들리면서도 무너지지 않는 탑

밤은 깊어만 가고
거침없이 몸 섞는 소리
꼿꼿한 너의 노래로 동이 튼다

봄이 푸른 까닭은

봄이 푸른 까닭은
신열 나는 대지의
녹두빛 가슴앓이 때문이다

저 멀리 남풍을 손짓해 오고
따뜻한 햇살 한 줌 불러오기까지
겨우내 뼛속 아린 몸살
짙은 멍으로 남아
한라에서 백두에서
푸른 멍울 아프게 터뜨린다

마음 열리는 봄의 뜨락에
빨갛게 부어오는 목울대로 서서
또 다른 봄이 그리워 뭉게구름 떠도는
북녘하늘 바라본다

남과 북 서로 겨냥한 채
반백 년 키워온 뿌리깊은 병
봄이 푸르듯이
온 산하 푸른 빛깔로
쾌유되는 그날은 언제일까

새 밀레니엄이 벅찬 문을 열고
서울에서 평양으로, 평양에서 서울로
꿈결인 듯 트인 봄의 물꼬
그 물꼬 뜨거운 눈물로 트였지만
졸졸졸 흘러가는 물소리
들릴 듯 들리지 않는다.

봄을 재촉하는 봄비처럼 애절한
우리 애끊는 푸른 염원
통일로 가는 길목에 앉혀 놓고
무엇이 두려워 머뭇거리게 하는가
봄이 와도 봄날을 기다리게 하는가

봄이 푸른 까닭은
숨죽여 열망해 온
대지의 간절한 기도 때문이다

신문 속의 광고지

앉으면 일어서고
일어서면 저만치 걸어가고 있는 사람들
언제나처럼
모두가 신문을 밀쳐 놓는 시간
나는 비로소 펼쳐든다
신문보다 더한 무게로 흩어시는
휘황찬란한 광고지 떼
눈길 한 번 주지 않는다 정녕
시대를 뒤따라갈 뿐
앞질러 산다는 건
단념하지 않았던가

팔은 안으로 굽는다지
어느새 내 편 아닌 내 편이 되어
신문의 각질 같은 광고지
샅샅이 뒤지는 데 익숙한 아이들
때를 기다렸다는 듯
술래가 되어 찾아낸 것은
이불공장 부도!! 파격세일!!
정작 알맹이보다
껍데기를 추구하는 건 아닌지

부도!! 세일!! 원가판매!!
샌드위치로 맥 못 추는 흑백광고지 한 장
검고 굵은 글씨만큼이나
속 쓰라린 그대의 현실
우리 믿으려 하지 않는다
회오리바람으로 휘몰아 쉬는 한숨소리
우리 귀담아 들으려 하지 않는다
필요로 하는 건
오로지 값싼 이불 한 채뿐

그래도
유난히 밥맛이 좋은 저녁무렵
아이의 덩치보다 부피 있는 초록빛 이불봇짐
현관문 비좁게 다가오고 따스한
이불의 체온이 온몸을 감싼다

고저高低

높은 것만 좋은 것은 아니다
높은 실업률, 높은 환율, 높은 생활의 파도
높아만 가는 것들에 묶여 연연하고
높은 것들로 인해
곧은 생각이 비틀거리고

낮은 것이 좋은 것만 아니다
낮은 목표, 낮은 참여율, 낮은 경제성장률
낮아만 가는 것들에 익숙하고
낮은 것들로 인해
시간의 물살이 감각을 잃고

어쩌면
높은 것을 더 높게 하는 것보다
높은 것을 낮게 하는 것이
낮은 것을 더 낮게 하는 것보다
낮은 것을 높게 하는 것이
더 힘든지도 모른다

낮은 것들이 있어야
높은 것들이 빛나지 않더냐
높은 것들이 있어야

낮은 것들이 소중하지 않더냐
높은 것만 좋은 것은 아니다
낮은 것이 좋은 것만 아니다

빈혈로 흔들리는 세계가 있다

우수 무렵부터 경칩 지나 보름 정도
매년 이맘때면 고로쇠 물이 생각난다
몇 해 전 오징어, 멸치, 땅콩, 우스갯소리
짭짤하게 씹으며 하룻밤 한 말을 마셨던가
파리한 고로쇠나무 목 깊숙이
칼날 꽂아 받아 낸 피인 줄 모르고
밤새도록 화장실 들락거리며 마셔도
취하지 않던 물 죄스럽다
지리산 하늘 아래 첫동네 심원마을
군락을 이룬 고로쇠나무 보았는가
하루에도 봄 겨울 되풀이하며
다래나무, 자작나무, 물푸레나무
더불어 살아가는 한결같은 꿈
지난 계절 수은주 영하를 오르내리듯
얼마나 바삐 혈관을 타고 오르내렸을까
고로쇠 물을 추억하는 봄날 오후
활짝 편 손 닮은 그 잎 떠올리면
또 하나 깊어 가는 슬픔을 보는 것 같아
차마 떠나지 못하고 방향을 돌린다
너 죽이고 나 살겠다는 싸늘한 눈빛
기지개 활짝 켜보지도 못한 채 저기
까맣게 빈혈로 흔들리는 세계가 있다

하늘 향해 뻗쳐오르는 서러운 의지는
끝내 잎에 앞서 담황색 꽃을 피워 내고

UN 묘지에서

남구 대연4동 UN 묘지
얼굴도 이름도 모르는
이천여 명의 용감한 이국장병
전쟁의 폐허를 딛고 일어서서
새움처럼 금방 깨어날 것 같은
모습으로 잠들어 있네

꽃답게 바쳐 슬픈 목숨
세월 가도 젊은 혈기는 펄펄 끓어
한 송이 선홍색 장미로 피었어라

못다 이룬 꿈
못다 나눈 뜨거운 사랑
한 계절 장미꽃 줄기 줄기
푸른 가시로 돋는다고
잊을 수 있을까

눈물 젖은 손수건 흔들며
떠나온 고국산천
죽어서도 두 눈 못 감는
그리움, 허공 높이
목을 **뺀** 만국기로 걸리노라

해를 거듭해도 이곳
아물지 않는 눈부신 상처
손바닥만한 묘지 가만히 바라보면
내 안 쓸고 지나가는
매운 바람 몇 줄기

플러그를 꽂으며

밥그릇 챙겨야 힘쓸 수 있을 테지
충전을 시킨다
전력이 다 떨어진 건전지 약
충전기에 나란히 끼우고 플러그 꽂는다
그러나, 소식이 없다
뚜껑 열고 들여다보니
다른 한 개의 약 물구나무를 서고 있다
벙어리 되어 외치고 있다
아뿔싸 누군가 방심한 작은 실수
날카로운 파편이 되어
그대 뜨거운 혈맥 끊을 줄이야

마이너스극 플러스극 맞춰 끼우고
다시 플러그 꽂는다
여전히 아무런 반응이 없다
한참 고심 끝에 미심쩍다 싶은 플러그
조이고 힘주어 꽂았더니
불그스름한 전원 희망처럼 빤히 켜진다
한 치의 빈틈도 용납 못하는 전선
여기 헐거운 마음 하나
말없이 고개를 숙인다
충전기에 들어온 불이 유난히 밝다

못의 꿈

발은 벽 속에
머리는 다른 벽을 보고 있는 나는
늘 이 자리 떠나고 싶었다

침묵보다 굳게 닫힌 창문
낮에도 형광등 밝혀야 하는
침침한 방 구석
내장을 비틀어 놓는 술 냄새
꺼먼 먼지 뚝뚝 떨어지는
바짓가랭이 물고 누운
구속으로부터
한시바삐 벗어나고 싶었다

언젠가는 빠져나갈 꺼야
허리 꼬꾸라지고
이마 이지러져도
차가운 등뼈 하나로 버티어
기회를 잡을 꺼야

나는 늘 바깥 세상을 꿈꾸었다
햇살을 낚아 올리고
내 입술에 부리를 문지르는 새

향그러운 눈꽃을 받아 걸기도 하는
자유가 아름다운 나라로 떠나고 싶었다

IMF 산행

1
일어나 산을 보니
짙은 안개가 끼었다
산자락 위로 안개
안개 위로 다시금 산
아침해가 떠올라도
온산 가득 안개밭이다
햇살은 여전히 퍼지지 않고
먼 곳에서부터 길이 묻힌다
나무도 숲도
모두 안개 속에 사라진다
조심조심 오르지만 어느새
일행이 보이지 않는다
나에게 갇혀
안개밭을 헤맨다
희뿌연 세상
희뿌연 생각
어디쯤일까 땀으로 돋는 소름
때아닌 한기마저 든다. 분명
산마루를 넘어서야 하는데
시계를 보니 날이 저문다
돌아서기엔 너무 깊은 산

2
어둠의 산이
밀물처럼 들어와 눕는다
고개 돌려 보니 아직도
어둠을 부르는 소리
잊을게요 말함은
결코 잊을 수 없다는 것을
침묵으로 IMF 산타기

게릴라 폭우

이제
게릴라 폭우가 끝난 것일까
폭풍우 휘몰아쳐 몇 며칠
마음 죄던 세상
언제 장대비 쏟아졌던가
하늘이 파랗다
우리들 가슴을 짓누르는 슬픔은
언제쯤 마를까
가닥 가닥 쏟아지는 긴 시름
탁류와 함께 떠내려가 버린
희망의 보따리
드러나지 않은 상처의 깊이를
헤아리지 못하는지
줄줄이 쓰러진 싸늘한 IMF 가슴 위로
한바탕 짓밟고 지나간 게릴라 폭우
사랑하는 이여
오늘도 어제의 슬픔에 잠겨 있는가
내일도 한숨소리에 젖어 흐느적거릴 것인가
피눈물이 앞을 가로막고 섰을지라도
힘주어 더 크게 눈을 떠야 하리라
뿌리째 흔드는 절망에게 떠밀릴 순 없어
온 들녘 푸르름 쓸어갔을지라도

우리 뜨락에 넘실거리는 푸르름 저버릴 순 없어
사랑하는 이여
때로는 보이는 희망보다
보이지 않는 절망의 빛이
더 강한 힘을 안겨 준다는 것을
기어이 믿어야 하리

적당하게

곧잘 부딪치는 적당하게란 낱말 국어사전을 찾아봐
도 알맞다 적합하다라는 해석뿐 적당하게란 낱말처럼
어려운 것은 없다. 계량컵으로 눈금을 볼 수도 자로
재어 읽을 수도 없는 적당하게란 낱말처럼 답답한 것
은 없다. 급해도 느려도 안 되는 적당하게란 낱말처럼
힘드는 것은 없다. 한쪽으로 치워놓을 수도 바싹 끌어
당길 수도 없어 가슴 저미는 삶 먼 길 어떻게 걸어야
적당해질까

문밖에 서서

문밖에 서서
눈을 감고 고개 숙여 보니
흔들리는 빈 의자들
일손을 놓은 사람들
아프다 눈이

살을 에이는 IMF바람
떠날 수밖에 없었던 그 자리
너가 있으므로
우리는 존재할 수 있었음을
흑백사진처럼 너가 그립다

어김없는 출퇴근길
반들반들 꿈이 묻은 책상
문을 들어서지 않는 것이 아니라
들어서지 못하는 아침
가야 할 길이 있고
해야 할 일이 있다는 것은
얼마나 행복한가

움츠린 어깨너머로
봄이 오는 길목

뱃길처럼 환히 보이고
잊는다는 것은
영원히 찾을 수 없지만
잃는다는 것은
얻을 수 있다는 기다림이리

진실은 결코 나를 저버리지 않을 것이라는

  바람이 분다 스산하게 눈에 들어온 티 눈시울 비비
며 잠시 비틀거린다 매무새 고쳐 걷다 다시금 흔들리
는 일상 얼굴 들지 못하도록 돌개바람이 분다 나아가
지 못하고 중심을 잡아 보려 안간힘을 쓴다 세상일은
결코 쉽지 않는 거라고 번번이 뒤늦게 깨닫나니 일어
서기 위한 메마른 눈물 낮달로 야위어 간나 까칠까칠
한 입술 깨물며 온몸으로 움켜쥔 따뜻한 희망 한 줌
진실은 결코 나를 저버리지 않을 것이라는

그리운 것들은 숨어 있다

그리운 것들은 숨어 있다
이월의 치마폭 속에는 꿈틀꿈틀 봄기운이 숨어 있고
더위에 시달리는 숲 속에는 풀 냄새 풋풋한 그늘이
숨어 있고
떨어지는 꽃잎 속에는 사철 지지 않는 추억이 숨어
있고
무딘 껍질 속에는 감성 풍부한 씨앗이 숨어 있고
분단된 아린 가슴속에는 통일이란 두 글자 숨어 있고
숨어 있는 것들은 그립다.

태풍은 어디에 머물고 있는가

태풍이 지나간 오후
잘 닦은 구두처럼 반짝거린다
청자빛 하늘 흰구름 몇 점
희망을 저버리지 않은 나뭇가지 잎새마다
푸르름 더하고 은빛 윤기 흐른다
태풍이 밀찍이 물러간 뒷마당
유리창 같아 눈을 감았다 떠 본다
말갛게 씻은 손수건처럼
나부끼는 여름의 끝자락
곱게 화장한 얼굴로 어디든지 달려가고 싶다
지난밤 유령의 폭풍우 잠 설치고
기울어진 50m 주차타워
"경남, 부산, 울산 오늘 하루 임시 휴교령"
그래도 좋다
가끔 태풍 사오마이가 품었던 에너지
한꺼번에 내뿜어라
초특급 강풍으로 휩쓸어라
표적을 향해 장대비 쏟아 부어라
한빛은행 사건, 다시 유가 폭등
좀처럼 수그러들지 않는 의약분업
염증이 나는 세상의 늪 속에서
국회는 뇌사 상태

그래도 정신 차리지 못하는 정치
태풍의 직접적인 영향권은
어디에 머물고 있는가

습관의 껍질 속에

　하늘 향해 짖는 개의 습관처럼 출근하고 이 가지 저
가지 바람 몰고 다니는 새의 습관처럼 일하고 발신인
없이 간헐적으로 우는 삐삐의 습관처럼 입 놀리고 때
가 되면 밀려오는 땅거미의 습관처럼 침대에 눕는다.

　묵은 내 습관에서 벗이니고 싶다. 딱딱히게 굳어 버
린 습관의 껍질 깨끗하게 벗겨 낼 수 없을까 가지에
얹힌 눈송이 떨어지듯 가볍게 쓸어 낼 수 없을까

　습관의 껍질 속에 진정 나다운 내가 비틀거리거나
혹은 어둡게 웅크리고 있을 테니까

또 다른 정치가 보인다

또 다른 정치가 보인다
국회의원이 하는 일만이 아니다
다리에 힘주어 드는 밥상
서류를 뒤적거리며 자판을 두드리고
약속 장소에서 술잔을 부딪치는 일
정치가 될 수 있음을 어렴풋이 안다
알고 보니 세상은 정치 투성이고
오늘도 수많은 정치인과 옷깃을 스치며 살아간다
정치를 모르고 정치인이 되지 못하면
우둔한 사람이 되고 마는 서글픈 세상
무거운 짐을 지지 않더라도
등허리에 힘을 주어야 할 때가 있듯이
때로는 또 다른 정치가 필요할 수도 있겠지만
참다운 삶은 정치가 아니기에
정치에 취하지 않는 것이
사람답게 사는 길임을 깨닫는다
높은 파도를 보면 더 빨리 지혜를 떠올리듯
정치 속에서 허우적거려 보면 정치로부터
벗어나는 길 또렷이 다가온다
어쩜, 인생은 정치로 시작해서
정치로 끝날지도 모를 일이지만
기쁨이 될 수도 슬픔이 될 수도 있는

세상사는 정치
정치판으로 뛰어들지 말자. 오늘도
정치 아닌 정치가 껄껄껄 웃음 짓고
정치인이 아닌 정치인이 거리를 질주한다

그 사람

가슴 부글부글 끓어도
표현하지 않는 그 사람
괜찮은 사람이라 한다
다들 눈살 찌푸리며 비판해도
듣기 좋은 말만 하는 그 사람
참한 사람이라 한다
되지도 않는 일 그럴 듯하게
꾸며 내는 그 사람
잘난 사람이라 하고
안 될 일 된다고 말해 주는 그 사람
멋있는 사람이라 한다
잇속이 근질근질해도
모르는 척하는 그 사람
점잖다 점잖다 한다
속 감추고
이래도 허허 저래도 허허 하는 그 사람
좋다 좋다 한다

이율배반

　사람들은 사랑의 상술을 싫어하면서 가까이 한다.
사랑에도 부연설명이 필요한지 조건을 단다. 사랑에
는 귀천이 없다고 하면서도 몇만 원짜리 몇십만 원짜
리 꼬리표 붙여 흥정부터 한다. 인간시장 바닥 낭자하
게 사랑을 퍼질러 놓고 우우 사랑을 파는 소리 몰려다
니며 몰려다니며 웅성 웅성 사랑을 사는 소리 사랑을
사는 자 있으니 파는 자 있고 파는 자 있으니 사는 자
있구나. 사람들은 사랑의 상술을 가까이 하면서 "딱
질색이다." 말한다.

생각

깊게 생각한다면
넓게도 생각해 보십시오

어렵게 생각한다면
쉽게도 생각해 보십시오

안 되게 생각한다면
되게도 생각해 보십시오

아실거예요
높이 나는 새는 멀리 보고
낮게 나는 새는 자세히 본다는 것을

꽃잎과 낙엽

꽃이 지네
세상 움켜쥐던 서슬 퍼런 권력
뭇사람 부러움 산 명예
화려한 과거는 흘러
꽃잎 떨어지네

달콤한 만큼 추하게
보통사람으로 돌아온 그대
아무도 돌아보지 않네

낙엽이 지네
있는 듯 없는 듯 산 속에 묻혀
이파리 청청히 길러온 나날
넓다란 그늘 선사했던 길을 따라
단풍잎 떨어지네

쓸쓸한 만큼 곱게
낙엽 위에 뒹굴고 싶은 마음
스쳐 가는 발길도 멈추어 서네

봄은 어디 있는가요

수많은 차들이 스쳐 가지만
기다리는 버스는 쉽게 오지 않는다
찻길 가장자리 바짝 다가가 바라보다
멀찍이 뒤로 물러서기도 하는
기다리는 마음에
봄은 미소지으며 온다

한참 후에 올라 탄 버스 안은
낯선 얼굴로 빽빽하고
손잡이 매달려 서 있어도
번번이 핸들과
반대방향으로 쏠리는 꿈
정류소 멈출 때마다
몇 사람 오르내리고
금방 채워지는 빈자리 몇 개
이윽고 앞사람 일어서면 앉을 수 있는
자리 곁에 서 있게 되듯
봄은 오래 기다려온 가슴에
살포시 찾아온다

가는 듯 서고 서는 듯 가는
안타까운 길

돌아설까, 중간에 내려 버릴까
더디 가는 만큼
외롭고 힘들지만
가야할 길 차근 차근
올곧게 가노라면 안도의 숨소리
기쁘게 하차벨을 누를 수 있듯
포기하지 않는 그대 앞에
봄은 따뜻하게 문을 연다

소박한 꿈, 그리고 현실비판을 통한
온당한 삶의 의미

정영자

소박한 꿈, 그리고 현실비판을 통한
온당한 삶의 의미

‖ 정영자 ‖ 문학평론가 · 신라대학교 국어국문과 교수

"어떻게 사는 것이 온당하며 사람답게 사는 것인가."

이러한 명제를 풀어 가는 것이 김희영 시인의 시적 성과의 근간이 된다. 그동안 《가슴에 비밀의 창 하나》(1991), 《나 그대에게 꽃이 되렵니다》(1993), 《은밀하게, 은밀하게 걷기》(1997) 등의 시집을 낸 바 있는 그의 시적 세계는 향토적인 생활시의 소박하고 담백한 분위기를 견지하면서도 사회에 만연해 있는 부조리와 인간성 상실의 정치적 성향을 비판하는 사회적 문제, 오염과 파괴로 얼룩진 환경문제, 자연친화를 통한 깨달음의 세계로 향하고 있다. 특히 인간애의 뜨거운 서정성은 시적 기교를 뛰어넘는 친근감과 울림이 있다.

문학에 대한 관점에는 상반된 두 가지 입장이 있다. 그 하나는 문학이 문학 외적인 측면을 지나치게 강조해서는 안 된다는 입장, 즉 문학이란 문학작품 자체의 심미적 기능이라든가 기법 등이 문제시되어야 하는 것이고, 다른 하나는 문학의 공리석인 기능, 즉 뚜렷한 사회의식과 역사의식을 바탕으로 현실에 대한 비판적

기능을 발휘하는 것이야말로 문학의 참된 기능을 다하는 것이라는 입장이다. 또한 창작의 차원에서 볼 때도, 〈무엇을〉 쓸 것인가에 대해서보다 〈어떻게〉 쓸 것인가에 주로 관심을 기울이며 기법과 형식을 강조하는 형식주의와 〈어떻게〉보다는 〈무엇을〉 쓸 것인가에 관심을 기울이며 주제와 소재를 강조하는 주제주의 내지는 소재주의의 상반된 입장이 있다.

문학을 단지 문학 외적인 일체의 요소를 거부하고 언어적·미학적 측면에서만 생각할 것인가, 아니면 문학에 공리적인 의미를 부여하여 문학의 사회적·역사적 성격을 중요시할 것인가 하는 상반된 관점은 여전히 대립된 채로 남을 것이 분명하다. 따라서 어느 관점에서 시를 볼 것인가. 어느 관점이 더 인간의 삶에 생산적인 의미를 지닐 것인가 하는 문제는 여전히 선택의 여지로 남아 있을 수밖에 없다.

그러나 우리들의 문학에 대한 논의가 궁극적으로 우리들의 삶에 대한 관심을 전제로 한 것이라면, 그리고 우리들의 삶에 대한 관심이란 근본적으로 우리가 살아가고 있는 사회적·역사적 현실에 대한 인식에서 비롯된 것이라면, 문학에 대한 우리들의 논의도 어떠한 형태로든 우리들이 처해 있는 사회현실에 대한 견해의 표명을 벗어나서는 생각할 수 없다.

그런 의미에서 김희영 시인의 고뇌는 당대를 사는 지성인으로서 온당한 삶의 길 찾기에서 찾아야 하고, 그 길의 근저에는 유년에서 지금까지 단단하고도 처연한 생활시의 형태 속에서 따뜻한 인간애의 진실을 구

가하는 것이 바탕 되고 있다.

시집에 나타나고 있는 그의 시의 특성은 토속적인
생활시, 현실비판-인간성과 환경문제, 자연친화에서
오는 깨달음의 세계, 인간애와 현대성에 있다.

시락국을 끓이면
빵처럼 꿈이 부풀던 황토빛 시절로
시간의 바퀴가 되돌아간다
언제 어디서든 꼭 필요한 사람
멸치 국물에
된장 두어 스푼 풀고
사람은 자갈처럼 잘면 안 되지
듬성 듬성 시래기 칼질을 한다
고춧가루 약간, 찧은 마늘 약간
가슴앓이 하듯 약한 불로 푹 고으다
감초 같은 면모도 있어야지
고소한 들깨를 갈아넣는다
돈 있어도 깊은 마음 없으면
끓일 수 없는 국
아침저녁 보아도 질리지 않는
그 사람 닮은 시락국

– 〈시락국을 끓일 때마다〉에서

언어는 근본적으로 인식 방법의 소산이다. 만물의
존재는 언어를 통해서 우리의 의식에 조명되는 것이
다. 때문에 모든 사물은 언어의 조명을 받음으로써 존
재의 빛을 발하게 된다. 언어의 조명기능은 일상언어

에서가 아니라 시의 언어에서 극대화된다. 시의 언어는 기성언어가 갖는 고정관념의 울타리를 무너뜨리고 새로운 생명력을 불어넣어 새로운 의미를 창출하는 것이다.

김희영 시인은 이와 같은 시에서의 데포르마시옹의 중요성을 그대로 활용하고 있다. 그에게 있어 시락국은 단순한 먹거리로서의 국물이 아니라 넉넉하게 인생을 알고 맵기도 하고 가슴앓이와 같은 인내와 달짝지근하고도 고소한 다양성의 삶의 깊이를 천착하고 있다.

돈이 문제가 아니라 멸치 국물을 우려내는 작업이 우선되고 약한 불로 푹 고으는 시락국은 아침저녁으로 보아도 질리지 않는 그 사람을 닮았다고 노래한다. 비싸지 않고 흔한 시락국 끓이기는 깊이 있는 인간의 한 전형을 보여 주면서 순수하고 맑았던 유년의 꿈 속에서 회상되고 있다.

시락국을 끓이는 시간은 먼 옛날의 동화 시대의 꿈과 연결되고 시간을 가지고 만들어야 제맛이 나는 독특한 국물은 인간이 어떻게 살고 사랑해 가야 할 것인가를 진지하게 보여 주고 있는 것이다. 이때 시는 이미 밥과 함께 먹는 국물이 아니라 은근하고 깊이 있게 처신하고 살아야 하는 화두를 전하는 비유에 도달하고 있다.

어머니는 곧잘 집에서
신명처럼 콩나물을 기르신다

상한 콩은 성한 콩 발목을 잡는다지
어렵사리 콩농사 지어
창문 가까이 신문지에 부어 돋보기
끼시고 이리저리 세상 뒤지며
그늘이 될 콩을 가려내신다

함부로 대하면 뿌리내리지 못한다지
하루 이틀 생각이 트이도록 불려
콩나물 동이 다소곳이 앉히시어
하룻밤에도 두세 번 깊은 잠 깨우며
조심조심 물을 주시고

자주 주지 않으면 반항 같은 잔발이 돋고
기름기 있는 손이면 썩는다지
졸졸졸 흘러내리는 따뜻한 정성으로
차곡 차곡 채워지는 어머니의 꿈

- 〈어머니의 꿈〉에서

　상한 콩이 성한 콩 발목을 잡고 함부로 대하면 뿌리
내리지 못하고 물을 자주 주지 않으면 반항 같은 잔발
이 돋고, 기름기 있는 손이 닿으면 썩는 콩나물 기르
기 과정을 노래하고 있다. 정성만이 좋은 콩나물을 기
를 수 있다는 강렬한 메시지가 전달되고 있다. 시적
기교는 아닌데 분명 시인은 일상적 언어를 사용하면서
도 일상의 콩나물 타령을 넘어선 진지한 철학을 던지
고 있다. 소홀한 가운데서는 제대로 발을 내릴 수 없
는 콩나물의 생명력은 우리가 가져야 할 진지한 삶의

경건함이다.

시락국을 끓이고 콩나물을 기르는 일상의 현실이 시인에게는 평범한 나날이지만 그는 평범하지 않는 시적 표현을 통하여 토속적인 생활시의 한 유형을 보여 주고 있다.

이와 같은 유형의 시는 〈짚을 보면〉, 〈아버지의 영토〉, 〈수박〉 등이 있고 현실비판적인 시로는 〈다락방을 추억하며〉, 〈그 사람〉, 〈줄서기〉, 〈또 다른 정치가 보인다〉, 〈태풍은 어디에 머물고 있는가〉, 〈이율배반〉 등이 있다.

> 휴식시간 싸아한 원두커피잔 속
> 뒤적이는 신문지면
> 어지러운 정치판 줄 서는 이야기
> 이쪽 설까
> 저쪽 갈까
> 줄 서려는 사람 북적대고
> 진정 서 있는 사람 잘 보이지 않는다
> 어느 줄 서야 손해보지 않을까
> 굵기와 길이 가늠하며
> 우르르 몰려다니는 사람
> 하루에도 몇 번 아무도 모르게
> 섰다 앉았다 앉았다 섰다
> 잣대 겹게 재는 만큼
> 우리 가슴 줄 같은 금이 가고
> 서 있는 사람 슬쩍 앉는 만큼
> 우리 마음 깊은 멍 든다
> 당당히 서지 못하면서

제대로 앉지 못하면서
정치를 운운하는 사람이여
눈치로 꼬는 새끼줄
어디서부터 잘못되었을까
퇴근길 소주 한 잔 걸치는 시간
안주로 따라나오는 줄 서는 이야기
줄을 붙들고
술에 취해
우리 온 저녁이 비틀거린다

- 〈줄서기〉 전문

금년은 유난히 정치로 시작해서 정치로 해가 지는 시간들이 준비되어 있다.

줄서지 않으면 손해볼 것 같은 사람들이 학연, 지연, 혈연을 찾아 그 수확과 가능성을 저울질하며 우르르 몰려다니는 패거리 현대 정치의 추악상을 폭로하고 있다.

"하루에도 몇 번/ 아무도 모르게/ 섰다 앉았다/ 앉았다 섰다"는 동사의 반복을 통하여 가볍게 이동하는 정치사회의 병폐를 신랄하게 비판하고 있다. 김희영 시인에게 처연한 서정성, 그리고 그리움의 지향없는 지평이 없는 것은 아니지만 그에게는 〈줄서기〉와 같은 정치사회의 적나라한 고발정신이 시의 운율로 형성되어 "줄을 붙들고/ 술에 취해/ 우리 온 저녁이 비틀거린다"에 오면 80년대 민중시인의 적개심과 분노, 성적 불균형이 허무주의보다 훨씬 더 박진감 있고, 경쾌

한 사설 한판을 굿거리 장단으로 읽을 수 있다. 따라서 김희영 시인의 현실인식의 날카로운 칼은 지성을 바탕으로 우매하고 타락한 현대 남성중심의 권력사회 중심을 폭파하고 있는 것이다.

특히 "당당히 서지 못하면서, 제대로 앉지도 못하면서" 앉았다 섰다 바쁘게 요동치는 정치인의 군상들을 시원하게 묘사하고 있다. 현대판 오광대의 들놀음에서 양반을 희롱하는 민중의 대변인으로서, 여성, 남성이라는 성차(性差)를 이미 벗어나고 있다. 그것은 초기부터 견지한 김희영 시인의 시적 특성이다. "어쩜, 인생은 정치로 시작해서, 정치로 끝날지도 모를 일이지만"(〈또 다른 정치가 보인다〉에서) 등 그의 정치시의 범위는 정치판에서 일반사회 공간의 정치까지 확대하고 있다.

마음을 나누고파 낙동강은
마을을 휘감아 안고 흐르는데
물결 넘어 사람들은
강둑만 따라 걷는다

애써 다가서면
또 그만큼 벌어져 있는 틈
아무도 닦아 주지 않는 상처
홀로 애태우다
시커먼 거품을 게워내며
몸살 앓는 강
이젠 버틸 힘도 없어요

끊어질 듯 들려오는 낮은 목소리
가슴 벽에 또 하나
붉은 경고장이 붙는다

사랑하는 법 모르는 것처럼 사람들은
높은 난간 위에서
강만 굽어보고
사람이 그리운 낙동강은
길섶을 적시며 흐느낀다

                    - 〈사람이 그리운 낙동강은〉 전문

  물은 지구상에 존재하는 모든 생명체에게 없어서는
안 될 필수 불가결한 물질로서 생명체의 근원이라 말
할 수 있다. 그러나 오염되지 않은 천연의 물이 귀해
지면서 자연적인 원인에 의해서가 아니라 인간의 생활
이나 생산 활동에 수반하여 배출되는 각종 오염 물질
이 하천이나 호수, 해양에 유입되어 수질의 변화를 초
래해 수자원의 이용에 차질을 빚거나 생물의 생태계를
파괴한다. 생활 하수, 산업 폐수, 축산 폐수 등의 순으
로 오염 물질의 양이 많다. 수자원은 한정되어 있는데
각종 문명의 발달로 물에 대한 수요는 꾸준히 증가하
고 있기 때문에 물에 대한 특별한 관심이 그 어느 때
보다 더욱 절실히 요구되는 시대이다. 따라서 환경문
제에 있어 수질 오염은 그 중심이 되고 부산 사람들은
낙동강을 식수로 사용하기 때문에 낙동강의 오염은 생
명에 치명타를 입히는 중요한 문제로 부각된 지 오래

이다. 그러나 매스컴을 통한 들끓던 여론도 시간이 지
나면 잊어버리는 우리들의 무심한 망각 상태는 더욱
심각한 오염의 상태를 가지고 온다.

이와 같은 낙동강의 생명줄에 대한 시인의 고뇌와
시대의 자책이 함께 하는 그의 시는 인간의 생명사상
을 중시하는 인간애에 닿아 있고 그러한 경향은 〈수영
천〉, 〈빈혈로 흔들리는 세계가 있다〉, 〈저 산이 나에
게〉 등이 있으며 자연친화를 통한 깨달음의 세계는 그
의 많은 시편을 통하여 만날 수 있다.

가까이 있어도
멀리 있기만 한 사람들
발갛게 볼이 얼고 가슴 시려와도
겨울산을 오르는 건
산골짜기 포근히 번져 가는
억새풀 다정한 노래 때문이랄까

우우 구름처럼 한데 모여
어깨 나란히 꿈꾸며
끌어 주고 밀어 주는 미쁜 동반자
아무리 뒹굴어도 마음 다치지 않는
억새풀 마당
다시금 겨울산을 오르는 건
어머니 살내음으로 스며드는
억새풀 향기 때문이랄까

서로 서로 뿌리 부둥켜안은 억새풀
일제히 눕고 일어서는 갈색 물결

함께 산다는 건 저리도 눈부시다

                    - 〈겨울산을 오르는 건〉 전문

언제나 서 있는 자리
굴뚝 그을음 풀풀거리는 뒷들이나
맨 먼저 산그늘 내리덮는 마을뒷산
그러나 뿔뿔이 흩어지는 법 없다
살 에이는 한겨울 혹한에도
무리지어 푸르름 출렁인다

우우 바람 밀어닥치면 함께
일제히 쓸어안고
쓰러지는가 하면 소리 없이 일어서고
휘청 허리 꺾이는가 하면 어느새 물러서 있는
너의 생선비늘 같은 푸른 의지가 아름답다

마디 마디 비어 있을지라도
정작 한 뼘 빈틈마저 보이지 않는
한 그루도 자지러짐 없는 대나무밭
대나무는 대나무를 헐뜯지 않으며 서로를
촘촘히 에워싸고 꼼꼼히 뻗어간다

저 꼭대기 한 계단 두 계단 쌓아올리는
흔들리면서도 무너지지 않는 탑

밤은 깊어만 가고
거침없이 몸 섞는 소리
꼿꼿한 너의 노래로 동이 튼다

153

위의 시에서처럼 그의 시는 함께 쓰러지고 함께 일어나는 공동체의 푸르름, 흔들리면서도 무너지지 않는 정신의 올곧음에 대한 것을 노래한다. 함께 산다는 눈부신 희열을 겨울산의 억새풀에서 혹은 대나무 숲에서 깨달으며 그 오묘한 자연의 구경적 경지를 시화함으로써 시가 가지는 상쾌한 교시적 기능을 말하고 있다. "거침없이 몸 섞는 소리"에 오면 그의 청각적 이미지의 탁월성을 볼 수 있을 것이며 "대나무는 대나무를 헐뜯지 않으며 서로를/ 촘촘히 에워싸고 꼼꼼히 뻗어간다"에 오면 깨달음의 의연함을 대숲에서 발견하고 있다. 그에게 있어 모든 사물은 깨우침의 경전이다. 특히 자연의 풋풋함에서 얻어진 이와 같은 기법은 김희영 시인이 구사하는 특성이다.

그리고 그의 현실비판의 날카로운 시적 감수성은 인간애의 따뜻함 속에서 자라나고 있음을 간과하지 않을 수 없다.

폭포가 있는 곳으로
가 보라
휘어지는 것보다
부러지는 것이
더 눈부실 때가 있다.

사랑하는 이여
진정 강한 자만이 피워 올리는

찬란한

폭포가 있는 곳으로
가 보라
나아가는 것보다
물러서는 것이
더욱 아름다울 때가 있다

- 〈폭포가 있는 곳으로〉 전문

휘어지기보다 부러지며 내리는 강한 사의 절망은 찬
란한 안개꽃을 피워 올린다. 우리는 절망하지 않고,
포기하지 않으면서 획득하려는 손쉬운 삶의 길을 걷는
다. 이 시에 오면 나아가는 것보다 물러서는 것, 떨어
지는 자의 단절이 더욱 아름답게 승화한다는 것을 화
두처럼 느낄 것이다.

비유는 단지 사물의 구체적인 인식으로 끝나는 것이
아니라 그 사물의 의미를 새롭게 변화시키고 확대하는
데 있다.

폭포는 물의 막차라는 의미 영역이 무너지고 부러지
면서 눈부신 강한 자의 의미로 다시 탄생되고 있는 것
이다. 이와 같은 시적 이미지의 창출은 비유의 적절성
과 함께 어떻게 살다가 어떻게 사랑하며 생을 마감하
는 것인가의 세계 인식의 한 방법, 나아가서 새로운
가치 창조의 지평을 열고 있는 것이다.

이와 같은 삶의 천착은 〈네 명인 듯 다섯 명〉, 〈여든
의 어머니〉, 〈그 말씀이 눈물나게 하고〉에서 소박하게

나타난다. 인간에 대한 그리움과 사랑의 개울은 〈즐겨찾기〉, 〈독백〉에 오면 현대 기계문명의 싸늘한 서정과 조우하게 된다.

(전략)
열심히 걷다가도
방향을 물어야 할 때가 있듯이
즐겨찾기에게로 화제를 돌린다
앞으로, 뒤로, 멈춤클릭…
초기엔 첫사랑처럼 달콤했다
일상의 목마름 촉촉히 적셔 주고
풀리지 않는 매듭 쉬이 풀어줄 것 같은 느낌
사랑하는 만큼 외롭다던가
이동막대 찍어 끝까지 끌어내리지만
찾고 싶은 그리움의 번지는 번번이 없었다
파일 새이름으로…설정
가슴에 담고 싶은 이야기
두고 두고 꺼내 보고 싶은 이름
소나기 퍼붓듯 키보드 위 오가지만
그리운 얼굴은 좀처럼 나타나지 않는다
(후략)

－〈즐겨찾기〉에서

컴퓨터 본체에 파일, 새이름으로… 설정해 두는 은밀한 그리움의 여운을 컴퓨터의 〈즐겨찾기〉에서 적절하게 묘사하고 있다.
속도의 시대, 편리함의 시대, 세계가 모두 마음먹으

156

면 나의 귀와 눈으로 접속되는 접촉의 시대에 컴퓨터
의 이용법에 따라 그리움을 저장하기도 하고, 두고 두
고 꺼내 보며 그리운 얼굴을 찾아 이동막대 찍어 끝까
지 끌어내리지만, 찾고 있는 그리움의 번지는 없다.
복사하기, 지우기 등으로 바꾸어 가는 대상의 변화와
재창조를 시도한다. 그리고 〈짚을 보면〉에서의 '짚'에
대한 넉넉하고 따뜻한 생명의 밑거름으로서의 좋은 이
미지의 상징성과 〈그 사람이 거기 있다〉의 직유의 형
식, 〈다락방을 추억하며〉에서의 역설과 소망의 시학은
내용 이상의 수사적 미학을 유쾌하게 노래한다.

다락방 있는 집 전세 얻으려고
헤맬 때가 있었지
버릴 것이 없었던 시절
버리기엔 아깝기도 한
잡동사니 쌓아두고, 때로는
잊어서는 안 될 물건 숨겨두는 다락방
힘껏 키를 뻗어 설 수는 없어도
발 뻗고 누울 수만 있다면 만족했던 다락방
(중략)
막힌 숨통 넓게 틔워 주던 다락방

– 〈다락방을 추억하며〉에서

가난한 시절의 옛날로 고개를 돌리면 거기에 반복율
조로 나오는 다락방의 이미지에 처연한 서정성과 인간
적인 지난 삶의 파노라마를 볼 수 있다.

우리는 한 편의 시 속에서 시인과 만나는 것이 아니라 그가 안내하는 세상과 만나고, 그가 살았던 골목길, 다락방과도 만난다. 그 다락방은 시적 화자의 다락방만이 아닌 우리 인간의 원형이며, 그 평화와 안온함, 작지만 알차고 진실하였던 흔적을 공유하는 것이다.

김희영 시인은 행정업무를 담당하는 여성공무원이다. 그가 조직사회인 직장과 가정을 오가며 가지는 갈등과 고뇌, 시골에서 대도시로의 진입에서 오늘이 있기까지의 시간에 대한 애절함과 그 막막했음을 나는 그의 시를 읽으며 그를 이해할 수 있었다. 특히 그의 향토적이고 목가적인 시의 바탕은 그가 자연 속에서 자란 자연친화를 바탕으로 어떻게 살고 사랑해야 하는지를 깨닫는 자기 수련의 한 도정으로 볼 수 있었다.

토속적이면서도 예리하고 신랄한 그의 서사적 서정 구조의 시는 강처럼 흐른다. 계속 그의 시를 주시하지 않을 수 없는 이유는 단호하면서도 남성적 기질의 거침없는 노래를 보내고 있기 때문이다.

미래시선 120
그 사람이 거기 있다

지은이 · 김희영
펴낸이 · 임종대
펴낸곳 · 미래문화사

찍은 날 · 2002년 4월 8일
펴낸 날 · 2002년 4월 13일

등록 번호 · 제3-44호
등록 일자 · 1976년 10월 19일
주소 · 서울시 용산구 효창동 5-421
전화 · 715-4507 / 713-6647
팩시밀리 · 713-4805
E-mail · miraebooks@com.ne.kr
          mirae715@hanmail.net

ⓒ2002, 미래문화사
ISBN 89-7299-230-5

정가 · 5,000원